Copyright © 2009 Lilian Sypriano
Ilustrações © Angelo Abu

Todos os direitos reservados pela Autêntica Editora Ltda.
Nenhuma parte desta publicação poderá ser reproduzida,
seja por meios mecânicos, eletrônicos, seja via cópia xerográfica,
sem a autorização prévia da Editora.

EDIÇÃO GERAL
Sonia Junqueira

EDIÇÃO DE ARTE E PROJETO GRÁFICO
Diogo Droschi

REVISÃO
Ana Carolina Lins Brandão

Dados Internacionais de Catalogação na Publicação (CIP)
(Câmara Brasileira do Livro, SP, Brasil)

Sypriano, Lilian
    Roubo na Rua das Paineiras / Lilian Sypriano ; ilustração
Angelo Abu. -- 2. ed. -- Belo Horizonte : Yellowfante, 2021. --
(Coleção detetive.com)

   ISBN 978-85-51308-33-2

   1. Literatura infantojuvenil I. Abu, Angelo. II. Título III. Série.

20-32895   CDD-028.5

Índices para catálogo sistemático:
1. Literatura infantil 028.5
2. Literatura infantojuvenil 028.5

Maria Alice Ferreira - Bibliotecária - CRB-8/7964

A **YELLOWFANTE** É UMA EDITORA DO **GRUPO AUTÊNTICA**

Belo Horizonte
Rua Carlos Turner, 420
Silveira . 31140-520
Belo Horizonte . MG
Tel.: (55 31) 3465 4500

São Paulo
Av. Paulista, 2.073 . Conjunto Nacional
Horsa I . Sala 309 . Cerqueira César
01311-940 . São Paulo . SP
Tel.: (55 11) 3034 4468

www.editorayellowfante.com.br

detetive.com

Lilian Sypriano

Roubo na Rua das Paineiras

Ilustrações Angelo Abu

2ª edição

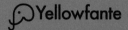

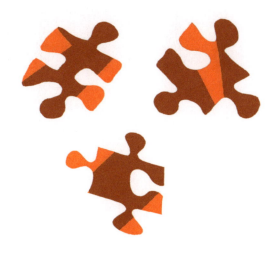

Para Tayná e Thais, netas,
para Daniel e André, sobrinhos,
e para o Felipe, amigo –
meus detetives mirins.

SUMÁRIO

- 9 — Papo Nosso, Cara!
- Apresentação — 11
- 12 — A vítima
- A cena do crime — 13
- 17 — O crime
- A investigação — 18
- 20 — De volta à cena do crime
- Em casa — 22
- 26 — De volta à casa de Dona Ofélia
- A reconstituição — 27
- 29 — O falecido
- 31 — A carta
- O visitante — 32
- 34 — Retomando a conversa
- Na biblioteca — 35
- 38 — Novamente em casa
- Mais uma vez, na casa de Dona Ofélia — 41
- 41 — A confirmação
- Na delegacia — 42
- 42 — No dia seguinte
- A autora — 46
- O ilustrador — 47

PAPO NOSSO, CARA!

Esta é uma coleção de livros do tipo policial. Nela, você pode se sentir um detetive apreciando o caso – que será sempre um crime –, procurando vestígios e pistas, avaliando e raciocinando sobre eles para, finalmente, desvendar o mistério.

Isso significa que você precisa colocar a "cachola" pra funcionar, certo?

De vez em quando, vou dar uns toques, uns palpites, fazer comentários. Porque eu sou assim: adoro ser intrometida. É claro que, se você não quiser a minha intromissão, não precisa dar atenção a ela. Na verdade, vou ficar te cutucando apenas pra criar uma cumplicidade entre nós dois. É muito legal saber que você está aí, de frente pro crime, isto é, pro livro, acompanhando o desenrolar dos lances.

Num dado momento, você já terá elementos suficientes para desvendar o crime. Bom, né? Mas, mesmo assim, continue a ler até o final. Não se deve deixar as coisas inacabadas, não acha?

É isso, amigo. Espero que goste da história e que deixe fluir o detetive que existe guardado dentro de você. Vai ser legal, pode crer.

Agora, chega de papo e vamos ao que interessa.

Com carinho,

Lilian Sypriano

APRESENTAÇÃO

Hoje você pulou da cama cedinho com um pressentimento ruim. Com certeza absoluta, alguma coisa extraordinária vai acontecer. Você sente isso.

EU – Puxa, que milagre é esse de acordar cedo?

Depois do café da manhã, você monta na sua *bike* e sai para dar umas voltas, curtir o dia de sol, super bem-vindo depois de uma semana chuvosa. O relógio marca 07h30.

Pedalar é muito legal. Você acelera e dobra "voado" na Rua das Paineiras; logo adiante, um grito desesperado faz com que você aperte os freios e dê uma guinada de 180 graus.

EU – Pô, maneiríssimo, o cavalinho-de-pau, companheiro. Legal mesmo!

Seu coração bate descompassado, e um suor gelado umedece seu rosto. E, mais uma vez, bem em frente de onde você parou, o grito arrepiante se repete: "Aiiiiiiiiiiii! Socooooorro!".

Você encosta a bicicleta no muro baixo da casa e se aproxima do portão, que está escancarado. Hesitante, entra no pequeno jardim bem cuidado. Aquela é a casa da dona Ofélia, uma velhinha solitária que mora ali há muito tempo e nunca fez mal a ninguém.

A porta da casa está entreaberta. Estranho! Você para e pensa se deve entrar na casa e ver o que está acontecendo. Nesse momento, sua hesitação se transforma em determinação, porque um outro grito angustiado quase estoura seus ouvidos, travando sua respiração. Sem considerar mais nada, você empurra a porta da casa da dona Ofélia e entra, decidido a apurar o que está acontecendo.

A partir de agora, o "pirralho" que muitos acham que você é sai de cena e é substituído pelo detetive esperto que poucos sabem que existe dentro de você.

EU – Preparado? Então, vamos ao crime!

Na sala, sentada em uma cadeira, está dona Ofélia, com os braços puxados para trás e amarrados com tiras de pano, as canelinhas finas presas às pernas da cadeira, também com tiras. Os cabelos grisalhos estão desgrenhados, escondendo parte do rosto, e a coitada, de tanto que se contorce tentando se desvencilhar das amarras, mais parece uma minhoca revoltada prestes a ser enfiada num anzol.

Você fica meio constrangido porque dona Ofélia veste uma camisola meio transparente, e seu corpo esquelético e enrugado se revela um pouco.

Quando ela vê você, dá outro grito agudo e esganiçado, e você leva um baita susto. Mas o grito foi, apenas, uma demonstração de alívio pela sua chegada.

EU – Pô, cara, se assustou com um gritinho de uma pobre velhinha?! Fala sério, detetive!

Rapidamente, você começa a desamarrar as mãos ossudas e, em seguida, as canelas finas, riscadas de varizes arroxeadas.

Quando se vê livre, dona Ofélia agarra você num abraço sufocante, apertando seu rosto no peito magro e arquejante. Você se desvencilha e fica com pena, porque ela tenta falar, mas gagueja tanto que mistura palavras. Você não entende nada do que a velhinha quer dizer. Ansiosa, ela sacode você, tentando fazê-lo entender o que não está conseguindo explicar.

Você vai até a cozinha e traz um copo d'água, que a coitada bebe avidamente, deixando o líquido cair pelos cantos da boca e molhar a camisola. Alguns segundos depois, já mais calma, dona Ofélia começa a soluçar, escondendo o rosto com as mãos. Você fica com muita pena e, num impulso, abraça a velhinha e pede que ela se acalme, pois tudo está bem agora. Aos poucos, ela aquieta o choro, olha para você e diz:

– Foi horrível!

E repete:

– Foi horrível!

Você a abraça novamente, tentando dar a ela uma sensação de proteção e segurança.

EU – Ei, será que você está com essa bola toda pra dar proteção e segurança?! Hein?

A CENA DO CRIME

A sala é pequena, tem poucos móveis. Diante da janela, um sofá antigo, surrado, com duas almofadas de crochê junto a um dos braços. Uma pequena mesa de centro abriga uma quantidade de bibelôs dos mais variados tipos e tamanhos. Fazendo ângulo com o sofá, uma poltrona de encosto alto, já meio rota e desbotada e, junto dessa, uma outra mesinha com um abajur de vidro pintado com flores. No lado oposto, uma cristaleira escura cheia de louças e copos; em frente, uma mesa de jantar com apenas uma cadeira: a outra está junto da parede, e nela dona Ofélia ainda está sentada.

No canto, perto da porta da cozinha, você vê uma coisa muito estranha: um velho baú de madeira, grande, com a tampa aberta e "zilhões" de coisas jogadas para fora, caídas no chão. O baú parece uma imensa boca desdentada e arreganhada que acabou de vomitar um monte de bagulhos. É a única coisa que destoa da arrumação da sala.

Você olha as paredes nuas e vê que, acima do baú, tem um quadro vazio. Só a moldura e o vidro. Estranho!

EU – *Também acho muito estranho!*

Você vai até o quarto da velhinha e verifica que, ali, tudo está em ordem, menos a cama, ainda desfeita. No banheiro, a mesma coisa, tudo em seu lugar. Você retorna, entra na cozinha, e ali, também, nada foi revirado. Ou seja, de toda a pequena casa da velhinha, apenas o baú da sala foi mexido. Por quê?

EU – *Bem pensado: por quê?*

De volta à sala, você se aproxima da pobre velhinha, que mantém os olhos arregalados, fixos no baú escancarado. Com movimentos calmos, você se abaixa e pergunta se ela pode dizer o que foi que aconteceu. Dona Ofélia olha para você como se estivesse abobalhada, mas balança a cabeça afirmativamente. Dá um suspiro fundo e começa a contar.

O CRIME

Diz que tinha acordado com um barulho estranho, como se alguém mais estivesse na casa; que olhou para o relógio da mesinha de cabeceira e viu que marcava 05h45; que, cismada, abriu a porta do quarto e foi até a sala; que ao entrar no cômodo viu um vulto escuro debruçado sobre o baú de madeira, revirando seu conteúdo; que tinha levado um grande susto ao ver que uma pessoa invadira sua casa; que, sem poder se conter, deu um grito abafado; que a pessoa virou-se e veio em sua direção; que uma mão enluvada cobriu-lhe a boca e empurrou-a para o meio da sala; que nesse momento percebeu que era um homem forte; que esse homem puxou uma cadeira e fez com que ela sentasse; que o rosto dele estava coberto por uma touca preta que descia até o pescoço, deixando ver apenas os olhos, frios e zangados; que tentou se levantar e correr, mas o homem jogou-a novamente na cadeira e, com agilidade, rasgou uma tira da toalha da mesa e amarrou-lhe as mãos para trás, imobilizando-a; que, em seguida, o homem rasgou mais duas tiras e amarrou suas pernas às pernas da cadeira; que o homem fez um sinal para que ela mantivesse a boca fechada; que ele, ao fazer o sinal, retirou do bolso do macacão um punhal com lâmina brilhante e afiada e ameaçou-a; que o homem retornou ao baú e continuou remexendo até que encontrou a pequena caixa de música escangalhada, guardando-a no bolso do macacão; que voltou até onde ela estava e, com voz rouca e muito baixa, disse que ela deveria contar até mil em voz alta antes de pedir ajuda e que, caso não o fizesse, ele voltaria e a degolaria, pois estaria por perto; que o homem saiu pela porta sem se preocupar em fechá-la; que começou a contar, mas estava tão nervosa que errou a contagem algumas vezes, precisando recomeçar; que só quando, finalmente, chegou ao número mil teve coragem de gritar; que depois de gritos e gritos – não sabia informar com certeza quantos dera – viu você entrando; que, aliviada, deu o último grito.

E foi só isso.

EU – Coitadinha da dona Ofélia, recomeçando a contagem por ordem de bandido... Pode um negócio desse?

A INVESTIGAÇÃO

Com muita calma, você ajuda dona Ofélia a se levantar da cadeira e leva a pobre velhinha para a cozinha, longe da cena do crime. Ela coloca uma água para ferver e começa a preparar um chá. A aparência dela está melhor, e, enquanto ela manuseia xícaras e colheres, você começa a investigar.

Você pergunta se dona Ofélia poderia reconhecer o assaltante, e ela diz que não, pois ele estava totalmente vestido de preto, com macacão, touca do tipo ninja que cobria toda a cabeça, com exceção dos olhos, e calçava luvas; que só deu para perceber que era um homem alto e forte. Mas, em seguida, dona Ofélia acrescenta que, apesar de não ter como reconhecê-lo, poderia jurar que o homem não lhe era totalmente estranho.

Você pergunta se ela não poderia identificar o ladrão pela voz, e ela diz que não, pois ele parecia querer disfarçá-la, falava em tom baixo e meio rouco quando mandou que contasse até mil.

Você pergunta se dentro da caixa de música existia alguma coisa de valor, e ela sorri, triste, e nega com a cabeça, acrescentando que era apenas uma recordação: na verdade, a caixinha de música nunca funcionou; que seu falecido marido nunca quis que fosse consertada, alegando que fora presente de um amigo e, para ele, tinha apenas o valor sentimental; que foi ele mesmo quem guardou a caixinha no velho baú, e ali ela permaneceu até aquela manhã, quando foi roubada.

Você pergunta se antes de se deitar, na noite anterior, dona Ofélia trancou a porta, pois não há sinal de arrombamento; ela diz que sim e que, como de hábito, depois de trancá-la levou a chave para o quarto e colocou-a sobre a mesinha de cabeceira, onde ainda está.

Você pergunta se alguém mais tem a chave da porta, e ela diz que não, que apenas seu falecido marido tinha uma cópia, mas essa não havia sido encontrada após a morte dele.

Você pergunta à dona Ofélia se o falecido era uma pessoa de muitos amigos, e ela diz que não, que ele praticamente não se dava com ninguém, que quase não saía de casa, que não gostava de receber visitas, que, contudo, escrevia muitas e muitas cartas e recebia outras tantas, mas que era ela quem as colocava no correio, e as que chegavam vinham endereçadas aos cuidados dela.

Você pergunta se ela, dona Ofélia, tem algum inimigo, e ela sorri, dizendo ser pouco provável, pois fora professora durante 25 anos e, durante esse período, só o que fez foi ensinar a grande parte dos atuais adultos da cidade; que, quando os encontrava na rua, todos, sem exceção, eram muito respeitosos com ela.

Você pergunta, finalmente, se existe dentro daquela casa alguma coisa de valor que pudesse interessar a um assaltante, e ela diz que sim, que todas as suas economias estão guardadas ali mesmo, na cozinha, dentro de um pote de barro que está sobre a mesa. Ela retira a tampa, e você vê uma grande quantidade de notas dentro do pote. Dona Ofélia explica que prefere seu dinheiro sob suas vistas do que num banco.

Você pergunta se ela tem outros valores guardados, e ela diz que tem algumas joias que herdou dos pais, guardadas num porta-joias na penteadeira do quarto. Você e ela vão até o quarto e examinam a caixa com vários anéis, pulseiras, cordões e pequenos objetos, todos de ouro. Tudo intacto.

Você não sabe mais o que perguntar. Agora, precisa pensar.

EU – Você já tem um bocado de informações, certo? Então, acho melhor você pensar cuidadosamente sobre tudo o que ficou sabendo antes de se aprofundar nas investigações, concorda? Muita calma nesta hora, companheiro!

De volta à cena do crime

Depois do chá e da conversa, dona Ofélia diz que já se sente melhor e que precisa recolocar as coisas espalhadas dentro do baú. Você se prontifica a ajudá-la, mas ela afirma não ser necessário. Vocês voltam à sala, e ela, ao entrar, dá outro grito que quase faz com que você, apesar da pouca idade, enfarte.

Dona Ofélia olha boquiaberta, com lágrimas nos olhos, para o quadro vazio pendurado na parede acima do baú. Você segue o olhar dela e fica sem entender o que está acontecendo. E dona Ofélia repete, baixinho:

– Não é possível, não é possível, não acredito que o desgraçado teve a ousadia de roubar, também, o único retrato que eu tinha do meu falecido marido!

EU – Puxa, a pobrezinha não tinha percebido o quadro vazio!? Coitada!

Dona Ofélia senta na mesma cadeira onde havia sido mantida presa e chora, inconsolável, numa tristeza infinita. Você fica sem saber o que fazer e, maquinalmente, acaricia aqueles cabelos despenteados.

Algum tempo depois, o choro vai ficando mais brando, e você consulta o relógio. Está na hora de ir embora. Você se abaixa e diz que precisa ir, mas que voltará mais tarde para continuar a conversar e para ajudar no que for necessário. Antes de sair, pergunta se ela não quer que você passe no posto policial e informe o que aconteceu.

Ela balança a cabeça, negando, e diz que os policiais não vão se dar ao trabalho de investigar o roubo de um retrato e de uma caixinha de música quebrada, pois têm coisas mais importantes para fazer.

Você percebe que dona Ofélia tem razão. Diz que já vai indo e ela sorri, agradecida. Você dá um "tchau", pede que ela tranque bem a porta, monta na *bike* e pedala acelerado, a cabeça a mil por hora, tentando juntar as peças daquele quebra-cabeça.

Depois do almoço, você resolve fazer uma arrumação no seu quarto, pois ontem, quando sua mãe chegou do trabalho, quase teve um troço ao ver a bagunça.

Ao passar pela sala, seu avô está lendo jornal. Você senta no braço da poltrona e dá um beijo na testa dele, enquanto pega uma carona na leitura das manchetes: "Sequestrada a filha de um empresário"; "Quadrilha assalta banco e faz quatro reféns, sendo duas mulheres"; "Polícia encontra telefones celulares dentro de um presídio"; "Bala perdida fere uma criança dentro da escola". Caramba, a violência está explodindo! Você pensa na pobre da dona Ofélia. Ela tem razão: com tantas coisas mais graves, quem é que vai se preocupar com o roubo de uma caixinha de música e de uma fotografia?

Na página internacional, as manchetes não são menos alarmantes: "Atentado a bomba no Iraque"; "Preso o assassino que matou e esquartejou oito pessoas"; "Procurado pela Interpol nazista que participou diretamente da execução de milhares de judeus na época da Segunda Guerra e que está foragido há vinte anos"; "Novo terremoto ameaça o Japão".

Seu avô vira a página, e você aproveita para ler seu horóscopo, que diz: "dê mais atenção às suas intuições e procure agir com cautela; período favorável para novas amizades". Puxa, que coincidência! Você acabou de conhecer a dona Ofélia, uma velhinha boa praça...

Você entra no quarto e para, pensando por onde é que vai começar a arrumar. Está tudo revirado, bem bagunçado, mas é difícil convencer sua mãe de que você se sente muito bem ali, naquele "mafuá". Então, o jeito é colocar tudo nos lugares.

Depois de uma "enganação" no seu quarto (pegou tudo o que estava à vista e jogou de qualquer jeito no armário, nas gavetas, onde deu pra disfarçar a bagunça...), você retorna à casa de dona Ofélia para buscar mais detalhes e, quem sabe, alguma pista do ladrão.

No caminho, para no jornaleiro para saber se chegou algum fascículo novo sobre carros e motos, que você coleciona. E, já que está ali, aproveita para puxar um papo com o Tuninho. E pergunta se ele conhece dona Ofélia. Tuninho diz que sim, que é uma velhinha muito legal, bom papo, que ensinou a ele as primeiras letras. Diz que ela não é de sair muito e que raramente compra alguma revista na banca. Você pergunta se seria possível dona Ofélia ter algum inimigo, e ele quase engasga de rir, dizendo

"Claro que não, aquela velhinha é gente boa, tudo o que fez na vida foi ensinar um montão de gente a ler e a escrever...". Você se despede do Tuninho e segue em frente.

No bar do Zé Maria, você resolve parar e fazer algumas perguntas. O Zé é um cara gozador, sempre de bom humor, rindo até de desastre de trem. Você pergunta se ele conhece a dona Ofélia, e ele diz que foi a primeira professora dele e que, naquela época, ele morria de amores por ela. Foi a primeira paixão da vida dele, quando ainda era um moleque. Você pergunta se ele conheceu o falecido marido dela, e ele diz que não se lembra, mas sabe que era um cara esquisitão, que estava sempre enfurnado em casa e que, por causa dele, a pobre dona Ofélia mal saía de casa.

Você está ali, de papo com o Zé, quando entra no bar o Julião, o velho administrador do cemitério que fica a algumas quadras dali. O Zé, então, só para provocar:

– Olha aí, quem pode falar da dona Ofélia é o amigo Julião, que sempre foi apaixonado por ela...

O Julião dá uma olhada fulminante para o Zé e pede um refrigerante. Bebe um gole, seca o bigode com a mão, olha para você e diz:

– Dona Ofélia é pessoa que eu prezo muito e por quem tenho grande respeito. Até hoje ela vai uma vez por mês lá no cemitério, toda vestida de preto, acender uma vela no cruzeiro e rezar por aquele marido antipático dela. Mulher admirável!

E acrescenta:

– Lamento que ela tenha tamanha consideração pelo falecido, pois, se não fosse esse apreço, ela bem poderia se interessar por outro homem...

Você acha estranho que dona Ofélia vá ao cemitério, acenda a vela no cruzeiro e não visite a sepultura do marido, e comenta com Julião. Ele explica que o "traste do marido" morreu longe dali e foi enterrado em algum lugar, não sabe onde.

Por isso, ela reza diante do cruzeiro. Você, então, percebe que o Julião continua a ter uma "queda" pela velhinha, e isso faz com que você e o Zé Maria troquem olhares cúmplices, pois o Zé também "sacou o lance".

EU – Ei, cara, eu também saquei, falou? Quem diria, hein, o velho e solitário Julião interessado na dona Ofélia... Mas é isso aí, o Julião está velho mas não está morto!

De volta à casa de dona Ofélia

A simpática velhinha abre a porta e você percebe que continua triste. Ela pergunta se você aceita um pedaço do bolo de chocolate que acabou de sair do forno, e você, para não ser grosseiro, aceita, apesar de ter acabado de almoçar. Enquanto come o bolo, puxa assunto.

Você explica para dona Ofélia que acha muito esquisito alguém entrar em uma casa, de madrugada, sem arrombar porta ou janelas, roubar uma caixinha de música sem valor e uma fotografia e deixar dinheiro e joias, fáceis de pegar. Dona Ofélia concorda e diz que ficou pensando nisso durante todo o tempo. O que o ladrão levou não tem mesmo valor nenhum para ele. Tinha para ela.

Você sugere que façam uma reconstituição do crime para ver se conseguem alguma pista que possa ajudá-los a identificar o assaltante, e a velhinha concorda.

A RECONSTITUIÇÃO

Você pede que dona Ofélia entre no quarto e sai para o jardim. Logo depois, você abre a porta, entra silenciosamente, vai até o baú e finge mexer nele. Nisso, a velhinha aparece e dá um gritinho assustado. Você corre até ela e, com delicadeza, faz com que se sente em uma cadeira. Em seguida, você finge que amarra os braços e as pernas dela na cadeira e estica um dedo, simulando uma faca, e manda-a ficar de bico calado.

Dona Ofélia fica ali, sentada, olhando atentamente para o que acontece. Você volta para o baú e bisbilhota lá dentro. Finge que retira alguma coisa e que esconde na roupa. Passa perto de dona Ofélia e faz sinal para que ela permaneça calada, dizendo-lhe, com voz esquisita, para contar até cem. Dona Ofélia corrige, "o ladrão falou até mil". Você diz que tudo bem, ela que conte até mil, vai em direção à porta e sai, deixando-a entreaberta. Um segundo depois torna a entrar. Fim da cena.

Você pergunta se dona Ofélia se lembrou de mais algum detalhe e ela diz que não. Mas comenta que, então, a primeira coisa que o ladrão fez foi roubar a fotografia, que só depois procurou a caixinha de música. Você concorda.

Mas que continua esquisito um ladrão entrar numa casa para roubar apenas fotografia e caixinha de música lá, isso continua...

EU – Concordo com você, amigão. Tem alguma coisa misteriosa nesse roubo, sem dúvida...

Vocês dois ficam ali, calados e pensativos. Em dado momento, você pergunta se dona Ofélia tem certeza de que aquela caixinha de música não era valiosa, se por acaso não era de ouro, se não teria joias dentro, e ela ri, dizendo que não, que realmente a caixa era pesada, mas porque era muito antiga.

Você pergunta se ela tem certeza absoluta de que o falecido não tinha inimigos, ela responde também que não. Você pergunta como foi que o marido morreu, onde foi enterrado, e dona Ofélia arregala os olhos, surpresa com a sua pergunta.

Depois de um longo silêncio, ela resolve contar como tudo começou, abrindo o coração.

O FALECIDO

Dona Ofélia conta que conheceu o falecido marido 25 anos atrás, quando fazia uma viagem de férias; que ele era um homem já maduro, pouco mais velho do que ela, e que os dois logo se apaixonaram; que o falecido não tinha família no Brasil, pois era estrangeiro e estava no país de passagem, para resolver uns assuntos de terras que herdara de um tio; que ela lhe contou que era sozinha no mundo, pois perdera os pais em um acidente, e que morava no interior, numa casa que herdara deles; que o falecido e ela gostavam das mesmas coisas, eram pessoas sozinhas, já de certa idade, e que, talvez por isso, a união dos dois tinha sido rápida; que o marido era muito educado e carinhoso com ela, que não gostava de frequentar lugares movimentados, coisa de que ela também não gostava; que quando ela avisou que precisava voltar para casa, ele a pediu em casamento; que ela aceitou na hora, mas o casamento acabou não acontecendo, pois os documentos dele estavam retidos no cartório para a legalização das terras e, por isso, resolveram inverter a ordem da coisa: primeiro, eles iriam morar juntos e, depois, se casariam; que, a princípio, ficou constrangida com essa situação, pois era pessoa de princípios rígidos, mas, como estava apaixonada, acabou concordando.

Assim, quando dona Ofélia retornou das férias, trouxe um marido; e foi na rodoviária, em São Paulo, que selaram a união, quando um fotógrafo tirou a foto do casal e, uma semana depois, mandou-a por correio para ela, que a pendurou na sala. A velhinha ainda contou que seu marido não tinha praticamente nada, somente algumas roupas e a tal caixinha de música, que lhe fora dada por um amigo que já falecera, e que essa caixinha era de estimação; que, muitas vezes, ela via o marido acariciando a caixa e, nessas ocasiões, pensava que ele deveria sentir muitas saudades do amigo; que o marido não gostava de sair e detestava televisão, razão pela qual ela doou o aparelho que tinha em casa para um asilo; que, no entanto, ele gostava de ouvir rádio e de escrever cartas para amigos que havia deixado na Europa e na América do Sul; que viveram juntos por cerca de seis meses e eram felizes; que uma noite, já tarde, bateram à porta e ele foi abrir; que era um antigo amigo que dizia precisar de ajuda, pois estava com problemas; que seu marido arrumou uma maleta e disse que voltaria em dois ou três dias, não informando para onde ia; que dona Ofélia tentou impedir que ele partisse, como se pressentisse alguma coisa de ruim, mas ele não lhe deu ouvidos; que ele não voltou nem em dois, nem em quinze dias; que ele nunca mais voltou, o que deixou a pobre desesperada; que não sabia onde procurar por ele nem tinha um ponto de partida para isso, pois antes da viagem ele pouco falara a seu respeito; que cerca de um mês depois, dona Ofélia recebeu uma carta do tal amigo, que comunicava a morte de seu marido; que dona Ofélia chorou muito e, como a carta não dava grandes detalhes, prometeu a si mesma que, todos os meses, na mesma data em que ficara sabendo do fim de seu querido esposo, iria ao cemitério local e acenderia uma vela por sua alma; que dona Ofélia, depois, doou as roupas e os objetos pessoais do falecido para os mais pobres, guardando apenas a caixinha de música e o retrato na parede; que todos os dias, ao acordar, parava diante da fotografia e rezava, assim como todas as noites, antes de se recolher para dormir.

A CARTA

Você pergunta a dona Ofélia se ela guardou a carta, e ela vai até o quarto e logo volta com um envelope envelhecido, meio amarrotado. De dentro, retira um papel pautado onde, numa caligrafia não muito legível, está escrito:

Prezada Senhora,

Escrevo-lhe esta carta para informar que, infelizmente, seu adorado esposo foi vítima de um acidente automobilístico, não tendo resistido aos ferimentos gravíssimos que sofreu. Lamento informar que, por conta do estado irreconhecível em que ficou o corpo, foi necessário que eu mesmo atestasse sua identidade, tendo sido feito o sepultamento em um cemitério particular, pertencente a uma fazenda nas proximidades de onde ocorreu o fato. Não seria possível a senhora chegar a tempo para o enterro e, por esse motivo, tomei a liberdade de autorizá-lo. Apresento à senhora meus mais sinceros pêsames e acrescento que seu esposo foi, em vida, meu melhor amigo.

Atenciosamente,
Hans Werner

Você devolve a carta para a pobre velhinha, que tem lágrimas nos olhos. O papel não diz sequer onde o marido da coitada foi enterrado. Você fica penalizado. Nesse momento, uma batida na porta assusta ambos. Dona Ofélia enxuga os olhos úmidos e vai atender. Um homem alto e forte, com um macacão verde, está parado diante da porta aberta. Você dá um pulo e fica atento.

EU – Caramba! Um cara alto e forte vestindo um macacão? Já li isso antes, você não? E a cor verde, num ambiente pouco iluminado, pode ser confundida com preto, não é? Ei, amigo, se liga, falou?

O VISITANTE

Anselmo, o visitante, está parado na porta com aquela cara abobalhada que a natureza lhe deu. Talvez, por conta da situação, você, de imediato, não tenha reconhecido o infeliz; agora, refeito do susto, relaxa. Ele trabalha no mercadinho do seu Adelino.

O rapaz traz um sorriso bobo pendurado no rosto e duas sacolas na mão. Dona Ofélia abre um pouco mais a porta e ele entra, perguntando logo "o que foi que aconteceu?".

Ao ouvir a pergunta, você se liga no lance. Como é que o Anselmo sabe que alguma coisa aconteceu?!

EU – É isso aí. Como é que ele sabe? Dona Ofélia não saiu de casa, portanto, não conversou com ninguém; dona Ofélia não tem telefone, portanto, não telefonou para ninguém. Ih, isso está meio esquisito, não está? Fica esperto, cara, se liga!

Dona Ofélia, tentando disfarçar, diz que não aconteceu nada, que apenas tinha acordado indisposta naquele dia. E tudo se esclarece.

O Anselmo conta que, quando percebeu que dona Ofélia não tinha ido fazer as compras semanais no mercado, como de hábito, ficou preocupado e, por conta disso, tomou a liberdade de trazer os produtos que ela habitualmente consome, aproveitando para ver se ela estava doente ou precisando de ajuda.

Dizendo isso, vai entrando pela casa, em direção à cozinha. Dona Ofélia segue Anselmo e você segue dona Ofélia. Ele retira as comprinhas de dona Ofélia das sacolas e coloca sobre a mesa; quando termina, apresenta a nota.

Dona Ofélia destampa o pote de barro, retira dele algumas notas e paga a conta. Anselmo agradece e pergunta, mais uma vez,

se está tudo bem meeeeeesmo, espichando o olho em sua direção. Depois que dona Ofélia afirma que tudo está bem, ele se despede, com outro olhar desconfiado para você, e vai embora.

Você não gosta nem um pouco daquele olhar.

EU – Nem eu, mas deixa pra lá. Ele está desconfiado de você, e você está desconfiado dele, né não? Então: chumbo trocado não dói...

Retomando a conversa

Você pergunta à dona Ofélia se ela não achou estranho o Anselmo perguntar "o que foi que aconteceu?", como se soubesse de alguma coisa, mas ela explica que não, pois durante anos e anos tem ido, religiosamente e no mesmo dia da semana – aquele – até o mercadinho fazer suas compras semanais, e é sempre Anselmo quem embala as compras e entrega. Sua ausência naquele dia deve ter preocupado não somente o Anselmo, mas também o seu Adelino.

Você escuta a explicação mas franze a testa, pensativo. Será?

EU – Sei lá, será que é isso mesmo? Mas faz sentido o que dona Ofélia disse, não é mesmo? Por outro lado, não podemos desprezar nenhuma informação, certo, parceiro?

Dona Ofélia começa a guardar as compras no armário acima da pia e você aproveita e dá uma olhada no relógio. Caramba, como o tempo passa! Você explica que tem de ir até a biblioteca pegar um livro, pois tem um trabalho de História para fazer. Ela diz que entende, e que estudo é coisa séria. E pede para você, se puder, voltar mais tarde para continuarem a conversar, pois você está sendo ótima companhia.

Você sorri e diz que está feliz por poder ajudá-la nesse momento difícil. E promete que, mais tarde, volta.

Na biblioteca

Você estaciona a bicicleta no local reservado e penetra no silêncio quase sepulcral da biblioteca. Vai andando entre fileiras e mais fileiras de prateleiras, à procura do letreiro HISTÓRIA. Mas, na verdade, sua cabeça está longe de livros. Você está organizando, mentalmente, todos os elementos e informações que reuniu até agora.

EU – Quer uma ajudinha? Mesmo? Então, vamos lá!

1. **Julião:** é um cara mais velho, que tem grande admiração por dona Ofélia, certo? Ele acha um absurdo que a pobre continue cultuando a memória do falecido e acendendo velas para a alma do infeliz, certo? De admiração para amor é um pulinho à toa, concorda? E ele não gosta que dona Ofélia permaneça apegada ao falecido porque, assim, não tem olhos para mais ninguém, verdade? Então, ele poderia ter algum interesse em retirar da casa dela apenas as coisas que faziam com que ela se recordasse do marido, não é? Poderia, claro... Isso traria um sofrimento para a coitadinha, mas, como se diz, o tempo cura tudo. Mas... como foi que o Julião conseguiu entrar na casa se

não tem a chave? Será que ele contrataria um chaveiro para abrir a porta? Mas aí ele teria uma testemunha do roubo... Por enquanto, essa pista fica de lado.

2. **Anselmo**: é um cara meio bobo que trabalha no mercado local, certo? Naquele dia, ele diz, ficou preocupado com a ausência de dona Ofélia e resolveu levar as compras que ela habitualmente fazia, não é isso? Mas foi logo perguntando "o que foi que aconteceu", como se soubesse de algo, verdade? Será que a preocupação dele é tão grande assim? Ou tem carne por baixo desse angu? E o olhar desconfiado que ele lançou para você? Aquilo foi esquisito, confesse. Parecia até que ele estava apreensivo com a sua presença, como se você pudesse suspeitar de alguma coisa, certo? É, meio estranho mesmo o jeito do Anselmo! Vamos guardar esse dado.

3. E a tal **carta**, assinada por um tal de Hans Werner? Pelo visto, um estrangeiro. O nome, pelo menos, é alemão. Puxa, o cara apenas comunica que o marido da dona Ofélia morreu... Não dá detalhes de como foi que tudo aconteceu, nem informa onde o corpo foi sepultado. Fala superficialmente sobre a morte, como se fosse a coisa mais banal do mundo. E a carta é tão lacônica... E será que o tal Hans que assinou a carta era o homem que tinha ido procurar o falecido, naquela noite? Será? Se era, ele então teria a cópia da chave que pertencera ao falecido e, portanto, poderia ter entrado na casa sem arrombar porta ou janela, certo? Mas... por quê? Por que motivo alguém iria querer uma caixinha de música quebrada e uma fotografia de casamento? Por quê? Não valiam nada... É, a coisa está esquentando...

4. E o **falecido**? Tinha hábitos estranhos, não gostava de televisão, não tinha documentos nem família, não se relacionava com ninguém, mas escrevia e recebia um monte de cartas,

todas aos cuidados da dona Ofélia. Por quê? Por que não eram endereçadas a ele? E poucas pessoas se lembravam dele, só os mais velhos, e mal. Pensando bem, NEM NOME ELE TINHA! Até agora, foi "o marido" pra cá, "o falecido" pra lá, mas nome, mesmo... Mas... ainda que ele tivesse voltado do Além, o que lucraria retirando da casa da mulher o próprio retrato e a caixinha de música, que pertencia a ele mesmo? Mistério...

EU – Tudo isso faz com que seus neurônios trabalhem acelerado, né? Olha lá se eles não vão se estressar, hein? Ha, ha, ha, foi só uma brincadeira, amigão.

Finalmente, você "acorda": está na biblioteca. Escolhe um livro, assina a cautela e sai.

Novamente em casa

Seu avô cochila na poltrona, o jornal caído de lado, todo amarfanhado. Sua mãe ainda não chegou do trabalho e, por isso, a casa está silenciosa. Você se aproxima da poltrona e recolhe o jornal, arrumando os cadernos para evitar que sua mãe se estresse quando chegar e brigue com o pai.

Depois de recolher e arrumar o jornal você vai para o quarto e se joga na cama, pensativo, com "zilhões" de pensamentos e perguntas na cabeça.

De repente, uma luz se acende dentro do seu cérebro. É tão intensa que você dá um pulo da cama e, sem se conter, grita:

– Eureca! É isso! Tem de ser isso!

EU – E aí, parceiro, chegou lá, né? Quem diria que uma simples preocupação com seu avô faria você sacar tudo, hein? Ou ainda não sacou completamente? Nesse caso, volte, refaça o caminho...

Você corre, pega o jornal, procura, ansioso, onde é mesmo? Aqui... ali... não... Espere! Achou!

E você observa, e lê, e se sente cada vez mais no caminho certo.

É a matéria sobre o nazista procurado pela Interpol. Duas fotos dele aparecem lado a lado: a primeira, de um jovem que aparenta 20 anos, a outra, feita por computador, mostrando como estaria o tal homem atualmente, com setenta e tantos anos. A primeira foto mostra o rosto de um homem jovem e forte, cabelos cortados curtos, olhos escuros e um bigodinho fino sobre lábios também finos; na segunda, o mesmo homem, ainda forte, olhos escuros e penetrantes, meio calvo, e o mesmo bigodinho e lábios finos. Ao redor dos olhos, uma quantidade de rugas, e a face é encovada, devastada pela idade.

Você não tem mais dúvida. Um nazista. Um alemão. O nome na carta... Hans Werner... Só pode ser.

Mais uma vez, na casa de dona Ofélia

Você pula da bicicleta com ela ainda em movimento, de tão ansioso que está. Bate repetidas vezes na porta e mal se contém, esperando que ela seja aberta.

Quando dona Ofélia, finalmente, abre a porta, você sorri para ela e diz que acha, quer dizer, que tem quase certeza sobre quem entrou na casa dela e roubou a foto e a caixinha de música.

Ela arregala os olhos e você, o detetive espertíssimo, inteligentíssimo, brilhantíssimo que é, com um sorriso iluminando seu rosto, entrega a ela.

EU – O que é que você entrega para dona Ofélia? Hein? Hein?

A confirmação

Dona Ofélia olha para a fotografia no jornal e fica muda. Os olhos dela começam a brilhar com as lágrimas que brotam. Você ampara a velhinha e faz com que ela se sente na cadeira.

Ainda com os olhos fixos no jornal, dona Ofélia não ouve você chamá-la; delicadamente, você levanta o queixo dela, olhando no fundo daqueles olhos cansados e entristecidos e pergunta:

– É ele, não é?

Dona Ofélia não fala nada, mas balança a cabeça, confirmando.

EU – Yes, amigo, você é um gênio!

NA DELEGACIA

Dona Ofélia concordou em ir até a delegacia com você, depois que leu e releu por diversas vezes a matéria do jornal. Você narra ao delegado tudo o que aconteceu, com riqueza de detalhes. Ele pede que dona Ofélia faça um reconhecimento formal da fotografia no jornal e ela concorda. Está triste e, também, um pouco envergonhada.

O delegado faz vários telefonemas, narrando repetidas vezes o fato que você contou. Manda que as buscas sejam imediatamente iniciadas, que as estradas sejam bloqueadas, os portos, os aeroportos e as rodoviárias vigiados. E manda fazer dezenas de cópias da foto exibida no jornal, feita por computador, que distribui aos seus agentes; também encaminha um montão de outras por fax, para várias delegacias.

Já é noite quando você leva dona Ofélia de volta para casa. Antes de sair, pergunta se ela vai ficar bem. A velhinha diz que sim, apesar de estar abismada com tudo o que aconteceu. Você promete voltar no dia seguinte para fazer-lhe um pouco de companhia.

NO DIA SEGUINTE

Você já se refez da bronca que levou de sua mãe quando chegou tarde ontem. E, animado, desce para tomar café. Seu avô e sua mãe estão atentos à leitura do jornal. A manchete na primeira página informa que um alemão nazista que estava sendo procurado há anos e anos foi, finalmente, preso na noite anterior, prestes a embarcar em um avião com destino à Colômbia. Ele foi reconhecido por policiais através de uma fotografia publicada no jornal no dia anterior.

Você se junta aos dois para ler a matéria e, no finalzinho dela (*Parabéns, cara, valeu!*), o crédito para você. O delegado, em entrevista ao jornalista, conta que a prisão do procurado só foi possível graças à investigação e à dedução de um garoto que, sozinho, desvendou a identidade do fugitivo.

Mas o mais incrível é que quando Willy – quer dizer, Wilhelm Vandorf – foi preso, ainda estava com a caixinha de música dentro de uma maleta. E quando ela foi aberta, os policiais ficaram surpresos: uma grande quantidade de dinheiro, em libras esterlinas, estava prensada dentro da caixa. Não era nenhuma fortuna, mas era uma grana e tanto. Além do dinheiro, tinha diversos documentos falsos, com os mais variados nomes (Hans Werner era um deles), sempre com a mesma foto, a do "falecido". Já a fotografia do dia do "casamento" não foi encontrada.

Bem, talvez o nazista tenha se desfeito dela para poupar dona Ofélia do constrangimento de saberem que viveu com ele. Ou, então, destruiu-a para não deixar pistas, pois achava que sairia facilmente do país sem ser reconhecido.

Você olha, orgulhoso, o seu nome no jornal. Sua mãe e seu avô também. E você tem a deliciosa sensação de dever cumprido.

Depois do café, você avisa que vai sair para pedalar. Pensa em ir à casa de dona Ofélia para ver como é que ela está. Antes, vai procurar o Julião, contar o acontecido, sugerir que ele visite a amiga...

Mas, mal percorreu 500 metros, uma coisa chama a sua atenção...

EU – *Ai, ai, ai, vai começar tudo de novo! Mas valeu, amigo, você foi demais! Que tal a gente continuar essa parceria, hein? Tipo assim, cara, um troço maneiro, que deixe a gente muito ligada no lance? Que faça a gente botar a cabeça pra funcionar, hein? Fechado? Então, toca aqui. E está mais do que combinado: a gente continua junto. Valeu, parceiro! Até a próxima!*

FIM

A AUTORA

Nasci no Rio de Janeiro, num 1º de abril (não é mentira, não!), e sou escritora há 21 anos. Minha carreira começou meio por acaso: quando o meu filho Beto era pequeno, escrevi umas histórias pra contar pra ele; depois, ele cresceu, e eu guardei as histórias; passou um tempinho e, um dia, um amigo leu, gostou e disse que ia levar pra uma editora; o pessoal da editora leu, gostou e publicou. A partir daí, continuei escrevendo e publicando livros, todos para crianças e adolescentes. Hoje, são 24 livros publicados, e um montão de crianças e jovens leitores que se dizem meus fãs.

Além de escrever, gosto também de ler, de cuidar da horta e do jardim, de fazer caminhadas, de passear, viajar, conhecer pessoas, conversar e, principalmente, de bichos. Tenho duas gatinhas, a Bubu e a Piti, e um cão *rotweiller* bem grande, o Rambo, que, apesar do tamanho e da aparência meio assustadora, é super meiguinho. Moro num cantinho sossegado na cidade de Teresópolis, no Rio de Janeiro, cercada de verde e ar puro, e é aqui que me inspiro para escrever histórias.

Escrever é uma atividade extremamente agradável. Às vezes, uma história começa apenas com uma palavra; outras vezes, com uma frase. Em outras, ainda, com alguma coisa que eu vi, ouvi, falei ou li. A partir daí, fico horas, dias, até semanas pensando nessa ideia, elaborando-a dentro da cabeça. Depois que ela fica de um jeitinho que me agrada, passo a encaixá-la em um cenário. Aí vem a parte mais legal, que é criar o início e o final da história, para que ela seja coerente.

Nesse processo eu me divirto muito, porque fico imaginando as expressões do leitor quando estiver lendo a história: sustos, risadas, medos, alívio, respiração suspensa, olhos arregalados e outras tantas. Só então ligo o computador. E deixo os dedos percorrerem o teclado e a imaginação voar alto.

Este livro começou com a seguinte ideia: "alguém está pedindo socorro". Tudo o mais foi sendo construído para que esse pedido de socorro fizesse sentido. Espero que goste dele tanto quanto eu gostei de escrevê-lo.

Um beijo enorme pra você.

O ILUSTRADOR

Nasci em Belo Horizonte, em 1974. Nesses 47 anos, vivi em outros lugares, mas foi na capital mineira que me graduei em Cinema de Animação, pela UFMG, e comecei a realizar meu sonho de ilustrar livros.

Em cada trabalho de que participo, sempre procuro um estilo e uma técnica adequados à história que o texto conta; muitos deles podem ser conferidos no meu site *www.angeloabu.com*.

Para o *Roubo na Rua das Paineiras*, procurei criar um clima de filme policial dos anos 1960. Inspirei-me no trabalho de um artista gráfico norte-americano chamado Saul Bass, criador de aberturas de vários filmes do gênero, assim como de filmes do mestre do suspense Alfred Hitchcock: poucas cores chapadas, com formas geométricas abstratas e figuras recortadas em silhueta. Misturei a isso um pouco da estética de histórias em quadrinhos, para tentar chegar à receita do universo mental do nosso protagonista. Como ferramentas, utilizei caneta esferográfica, recortes e *Photoshop*.

Esta obra foi composta com a tipografia Electra
e impressa em papel Off Set 120 g/m²
na Formato Artes Gráficas.